Von Hans Kruppa sind im Coppenrath Verlag außerdem erschienen:

Ein bißchen Glück für jeden Tag
ISBN 978-3-8157-7930-9

Jede Liebe ist ein Wunder
ISBN 978-3-8157-8496-9

Das Leben hat täglich Geburtstag
ISBN 978-3-8157-9281-0

Willst du fliegen, laß dich fallen
ISBN 978-3-8157-9558-3

ISBN 978-3-8157-9557-6

Illustrationen: Nicole Braunschweig
Grafische Gestaltung: Manuela Altrichter

Printed in China

www.coppenrath.de

Hans Kruppa

Du schenkst mir so viel Glück

Liebesgedichte

COPPENRATH

Reine Poesie

Deine Nähe ist ein Geschenk,
deine Berührung ein Genuß,
dein Schweigen ein Abenteuer,
deine Ausstrahlung eine Inspiration,
deine Umarmung ein Segen.

Auch wenn du im Denken
manchmal zur Prosa neigst –
deine Blicke sind immer reine Poesie.

Unverlierbar

Unverlierbar ist das Lächeln,
zu dem du meine Seele gebracht hast.

Es leuchtet wie eine Sonne,
deren Strahlen dich wärmen,
ohne daß du überhaupt
an mich zu denken brauchst.

Ich trage deine Liebe

Ich trage
deine Liebe in mir
wie ein unhörbares Lied,
wie ein wortloses Gedicht,
wie einen unsichtbaren Schatz.

Ich trage sie zärtlich
durch meine Tage und Nächte
und gebe immer gut acht,
daß ich sie nicht fallen lasse,
wenn der Weg schwierig wird –

denn alles,
was ihr geschieht,
geschieht auch mir.

Heimkehr

Als wir uns
zum ersten Mal umarmten,
war es mir,
als hätten wir uns
schon tausendmal umarmt,
in einer Zeit vor dieser,
in einem Leben vor diesem –

es war ein Gefühl der Heimkehr
zu einem vertrauten,
warmen Ort unserer Seelen,
wo sie sich mehr und mehr
dem Himmel nahe fühlten –
und Wunsch für Wunsch,
Sehnsucht für Sehnsucht
von ihnen abfielen,
bis sie ganz mit sich eins wurden –
im Zauber unserer Umarmung.

Kein Weg zurück

Ich bin nur so gut,
wie du zu mir bist,
nur so stark,
wie du mich machst.

Ich schwebe nur so hoch,
wie du mich steigen läßt,
bin nur wunschlos,
wenn du bei mir liegst.

Ich sehe den Grund
meiner Sehnsucht
in deinem Blick.
Von dir führt
kein Weg mehr zurück.

Auflösung

Bittersüße Sehnsucht,
mutig bange Hoffnung,
schwierig leichte Zuversicht –
alle beflügelnden, zermürbenden
Widersprüche des Herzens
lösten sich auf im Bann
der Erfüllung meiner Träume –

als ich in
deinen Armen erwachte.

Innerer Tanz

Du schenktest mir Wahrheit
und die Kraft,
sie ans Licht zu bringen,
sie zu feiern mit innerem Tanz –
heitere Wahrheit,
die im Dunkel verborgen lag.

Du gabst mir den Schlüssel
zu ihrem Versteck,
du halfst mir,
den Weg wiederzufinden,
den ich verloren hatte.

Täglich

Täglich denke ich an dich,
mal mit einem frohen Lächeln,
mal mit nachdenklichem Gesicht,
doch immer bist du unsichtbar
in meiner Nähe.

Selbst wenn ich mich
manchmal frage,
ob wir von unserem Weg
abgekommen sind,
zweifle ich nie an dem Glück,
daß wir uns gefunden haben.

Liebeskrank

Ich trage den Virus
der Liebe in mir,
und alle Therapien der Erfahrung
blieben wirkungslos,
selbst die schmerzhaftesten;
nichts konnte ihn besiegen –
und hätte ich ihn verloren,
hätte ich mich verloren
in verhängnisvoller Gesundung.

Liebeskrank bin ich geblieben,
unzerstörbar erwies sich
der schöne Erreger.
Auch wenn er mich schon
manchmal in die Irre führte:
Wenn es darauf ankommt,
weiß er den richtigen Weg.

Wie hätte ich dich sonst gefunden?

Mit Haut und Haar

Du warst so frei,
so leicht und ungeschützt,
als hättest du keine Ängste,
keine Erinnerungen an
Verletzungen und Enttäuschungen.

Du gingst auf mit Haut und Haar
in diesem unverhofften Entzücken,
das wie warmes Sonnenlicht
durch die weit offenen Fenster
unserer Seelenräume fiel.

Hand in Hand

Ich nutze jede Gelegenheit,
dir in mir nah zu sein
und die helle Lebenskraft zu spüren,
die du mir geschenkt hast –

wie einen Brunnen,
aus dem ich immer wieder
den Zauber schöpfen kann,
der ganz zart und still entstand,
als ich Hand in Hand
mit dir über die Schwelle
des Wunderbaren ging –

mit einem Glücksgefühl,
das ich nie vergessen werde.

Wachstum

Denk nicht,
du hast nicht genug
Platz in deinem Herzen.

Je mehr Liebe
du in dein Herz läßt,
desto größer wird es –

und mit ihm auch du.

Weltenraum

Mauern der Enttäuschung,
Wachtürme der Skepsis,
Zäune der Desillusionierung,
Grenzen der Vernunft
verlieren sich in deinen Armen.

Welch eine Pracht entfaltet sich,
wenn unsere Körper sich berühren
und unsere Seelen sich gegenseitig
in den Weltenraum der Liebe führen,
um das zu werden,
was sie schon immer waren –

vereint.

Warten

Ich möchte nichts wissen,
möchte nicht ans Telephon
oder zum Briefkasten gehen,
will nicht reden, nicht zuhören,
nichts verstehen, nichts erreichen,
will mich nur treiben lassen
wie auf einem Floß
im Strom des Wartens –

auf dich.

Auf Blütenduft gebaut

Wenn du mich so ansiehst,
vermisse ich nichts mehr,
bin ich gedanken- und sprachlos,
fühle mich befreit,
und mein Entzücken
wächst in den Himmel.

Wenn du mich so beschenkst
mit dem Schatz deiner Nähe,
gibt es nichts zu befürchten –
Zweifel vergehen im Nu
unter deinen Händen
auf meiner Haut.

Und alles,
was zwischen uns entsteht,
ist auf Blütenduft gebaut,
aus Sternenlicht gewoben,
geheimnisvoll und vertraut.

Endlich wieder

So lange hatte ich
Fernweh nach deiner Nähe,
so lange fehlten mir
deine Blicke, deine Zärtlichkeit,
das Gefühl des Ganzseins
in der Tiefe unserer Umarmungen.

Nun ist alles Warten Vergangenheit,
alles Sehnen Geschichte,
alles Wünschen ohne Gegenstand,
weil du wieder bei mir bist
und mein Blick mit deinem verschmilzt –
weil ich endlich wieder
eins mit dir und mir bin.

Verrückt

Du bist faszinierend,
strahlst eine Schönheit aus,
die mich tief beglückt
und dorthin verrückt,
wo alles wirklich werden kann,
was möglich ist.

Laß uns Wirklichkeit erträumen
und Träume verwirklichen,
bis sich die Grenzen auflösen
zwischen Tag und Nacht,
Wachen und Schlafen,
dir und mir.

Lächerlich

Vergangenheit und Zukunft
haben keinen Zugang
zu dem Raum unserer Liebe,
wo Worte nur stören,
Gedanken nur ablenken
von dem kostbaren Leben,
das uns so maßlos beschenkt,
als könnte seine Quelle nie versiegen.

Und ich will daran glauben,
daß sie nie versiegt,
auch wenn die Stimme
der Erfahrung spöttisch lacht.
Ich lasse sie lachen,
lache sogar über ihre sture Vernunft,
die vielleicht irgendwann
recht behalten wird –

aber jetzt ist sie so lächerlich
wie ein Spaziergänger
mit aufgespanntem Regenschirm
an einem wolkenlosen Sommertag.

Zu deinem Wesen

Die Dunkelheit des Zimmers
bringt dich mir ans Licht.
Die Stille, die mich umgibt,
füllt sich mit der Sprache
deines Schweigens.
Mit geschlossenen Augen
sehe ich dein Lächeln,
deine Haare, deine zarten Hände –

und alle Bilder führen mich
zu deinem geliebten Wesen
jenseits des Gedankenhorizontes,
jenseits der Welt
des Sichtbaren und Sagbaren.

Ansichten

Es wäre besser,
deine Liebe
nicht zu gewinnen,
als sie zu gewinnen
und wieder zu verlieren,
denkt der Verstand.

Nichts wäre besser,
als deine Liebe
zu gewinnen,
fühlt das Herz.

Trotz guter Gründe

Wäre es schlimmer,
dir nicht verzeihen zu können –
oder mir irgendwann
nicht verzeihen zu können,
daß ich dir nicht verzeihen konnte?

Ich sollte dir verzeihen,
auch wenn ich gute Gründe hätte,
es nicht zu tun –

denn im Grunde bist du
unverzeihlich unwiderstehlich.

Unberechenbar

Du hast Angst
vor dem Unwägbaren
zwischen dir und mir,
würdest es gern berechnen,
die möglichen Gewinne
und Verluste einschätzen.
Doch du kannst es nicht,
denn du kennst es kaum –
aber immerhin so gut,
daß es dir angst macht.

Unsere Wahrheit kannst
du nicht berechnen.
Du wirst sie erkennen,
wenn du dich von ihr
mit geschlossenen Augen
ins Unberechenbare führen läßt.

Nicht gelogen

Dein Herz
hat nicht gelogen,
ich habe seine
Ehrlichkeit gespürt –

doch dein Verstand
hat dein Herz betrogen
und dich vorläufig
zur Vernunft verführt.

Selbstvergessenheit

Du kannst kein Glück schenken,
wenn es nicht in dir strahlt,
kannst keine Freude spenden,
wenn sie nicht in dir tanzt,
kannst dich nicht selbst vergessen,
wenn jeder neue Tag dich daran erinnert,
was dir in deinem Leben fehlt.

Doch gerade Selbstvergessenheit ist die Tür,
durch die Liebe gehen muß,
die Barrieren überschreiten,
Ängste und Zweifel überwinden
und Hoffnungen übertreffen will –

auf der Reise zu dem Ort,
wo ein Blick mehr sagt als alle Worte,
ein Lächeln mehr weiß als alles Wissen.

Wenn du ...

Mein Körper lebt,
wenn du ihn umarmst,
meine Seele schwebt,
wenn du sie berührst.
Mein Herz wird groß,
wenn du es beglückst,
mein Leben schwerelos,
wenn du es belebst.

Ich fehle mir,
wenn du mir fehlst.

Etwas in dir

Du machst mich wesentlich.
In deiner Nähe bin ich – ich.

Etwas in dir
führt mich zu mir –
so fein, so zart,
es könnte nicht schöner sein.

Du ergänzt mich so zärtlich.
Zu meinem Glück brauche ich dich.

Herzensfreude

Wenn ich zur Ruhe finde,
finde ich zu dir,
in einem grenzenlosen Raum
heiterer Stille und Harmonie –

und innige Freude steigt
tief aus meinem Herzen
in mein Gesicht,
weil ich dich lächeln sehe,
wenn ich die Augen schließe.

Fragen über Fragen

Warum sollte ich meinen Gefühlen folgen,
wenn du so vernünftig sein kannst?
Warum sollte ich hoffnungsvoll bleiben,
wenn du so skeptisch sein kannst?
Warum sollte ich mich auf dich verlassen,
wenn du so unzuverlässig sein kannst?
Warum sollte ich mich an dich binden,
wenn du so unverbindlich sein kannst?
Warum sollte ich dir die Wahrheit sagen,
wenn du so diplomatisch sein kannst?
Warum sollte ich auf deine Nähe bauen,
wenn du so distanziert sein kannst?
Warum sollte ich mich für dich erwärmen,
wenn du so kühl sein kannst?

Warum sollte ich dir diese Fragen stellen,
wenn ich sie doch selbst beantworten muß?

Ganz frei sein

Ich möchte dir alles geben
und nichts zurückhalten,
möchte alles von dir empfangen
und nichts zurückweisen,
werde keine Zäune akzeptieren,
keine Mauern achten –

will ganz frei sein,
mich ganz befreien lassen
von jeder Beschränkung,
um dich grenzenlos zu lieben.

Erfüllung

Du machst mich wunschlos,
wenn wir uns so
in die Augen sehen,
daß alles um uns herum
in Bedeutungslosigkeit versinkt,
weil unsere Nähe uns ganz erfüllt –

mit wahrem Leben
und lebendiger Wahrheit.

Elemente

Du kannst mir
das Wasser reichen,
das meinen Liebesdurst stillt.

Du kannst mir
das Feuer geben,
das meine Lebenslichter entzündet.

Du kannst mir
die Luft geben,
die mein Herz aufatmen läßt.

Du kannst mir
die Erde geben,
in der meine Traumblumen wachsen.

Wortlos

Die Sonne deines Gebens
strahlt in mein Gesicht,
die Schönheit deiner Augen
scheint in mein Herz,
die Wärme deiner Nähe
breitet sich in meinem Innersten aus.

Jedes Wort,
das ich jetzt sagen würde,
wäre ein Wort zuviel.

Ein Licht

Ein Licht
wie nicht von dieser Welt,
das durch
die stärksten Mauern fällt
und selbst
die tiefste Dunkelheit erhellt –

ist deine Seele
in den Augen
meiner Seele.

Das Unbegreifliche

Es wird uns keine Ruhe lassen,
bis wir ihm geben, was es braucht –
das Unbekannte zwischen uns,
das uns so bekannt erscheint.

Wir werden keinen Frieden finden,
bis wir es geschehen lassen –
das Unbegreifliche zwischen uns,
das uns ergriffen hat.

Seitdem

Seit unserem Abschied
weiß ich erst,
wie tief unsere Begegnung war.

Seit ich dich
nicht mehr sehen kann,
schwingen deine Wärme
und Heiterkeit in mir nach.

Seit ich dich
nicht mehr umarmen kann,
fühle ich tief innen deine Nähe,
die mir immer aufs neue
Kraft und Licht,
Harmonie und Freude schenkt.

Statt einer Antwort

Verschenk mich,
wenn ich dich beschenke,
bat mich die Liebe,
nur so kann ich
mich dir weiter schenken.

Ich weiß, antwortete ich,
du bist ein Geschenk,
das seinen Wert verliert,
wenn es nicht weitergegeben wird.
Das sagst du, sagte die Liebe,
aber fühlst du es auch?

Statt ihr zu antworten,
umarmte ich sie.

Wunderbare Infektion

Infiziert von
deiner Art zu sein,
ist eine wunderbare Ansteckung.

Das Leben
durch deine Augen zu sehen,
ist eine einzige Augenweide.

Den Sinn unserer Liebe
durch deine Sinne zu spüren,
ist ein übersinnliches Erlebnis.

Deine Antwort

Du führst mich
zu der Quelle
meiner Wirklichkeit,
gibst meinem Leben
neue Kraft und Farbe,
erfüllst es mit
Sinn und Schönheit,
tauchst mich in Glück,
löschst alle Fragen
aus meinem Sinn –

mit der Antwort
deiner Liebe.

Wiederfinden

Geborgen
in deinen Armen,
angekommen
in deiner Zärtlichkeit,
ganz und gar
in deiner Nähe.

Auf den Wellen des Entzückens
tanzen unsere Gefühle
wie in Trance,
in ozeanischer Freude.

Ganz verloren ineinander
finden wir das Verlorene wieder.

Du schenkst Glück

Du schenkst Leben,
während andere Worte machen.
Du kannst geben,
während andere nehmen wollen.
Du erweckst schlafende Träume,
während andere das Träumen verloren haben.

Du schenkst Glück,
während andere nicht wissen,
wie glücklich Schenken macht.

Schwerelos

In deinen Händen
liegt ein starker Zauber,
der mich kurzerhand verwandelt –

und ich vergesse
das Gewicht der Welt,
weil ich ganz schwerelos
in dem Leben aufgehe,
das uns zärtlich durchströmt –

weil wir es einfach
geschehen lassen.

Wie gut

Als unsere Blicke
sich unverhofft begegneten,
berührten sich unsere Herzen.

Schon wenige Minuten,
nachdem wir uns getroffen hatten,
waren wir keine Fremden mehr.

Wie gut,
daß auch du den Mut hattest,
dir dies einzugestehen!

Angesteckt

Du hast mich angesteckt
mit deiner sprudelnden Heiterkeit,
deiner sonnigen Natürlichkeit,
die du so selbstverständlich
in dir trägst und verschenkst,
als gäbe es keinen Mißmut,
keine Kälte, keine Skepsis,
keine Fremdheit zwischen Fremden,
die wir waren,
bis du mich berührtest
mit deiner spielerischen Leichtigkeit
und mir die Schönheit der Welt zeigtest,
in der du lebst.

An dich denken

An dich denken heißt,
mich zu dir hindenken,
mich zu dir hinfühlen,
an einen Ort gehen,
der keiner ist,
weil Zeit und Raum
dort nicht existieren.

An dich denken heißt,
mit meiner Seele deine suchen -
und sie dort finden,
wo Wunder wirken.

Zarte Zauberkraft

Die Zeit stand still,
als wir uns umarmten.
Unsere Gedanken verstummten
im warmen Sonnenschein
unseres Vertrauens ineinander.

Da war kein Ich, kein Du,
nur schrankenlose Offenheit
und eine zarte Zauberkraft,
die uns spüren ließ,
daß unsere Herzen
derselben Sehnsucht folgten.

Wellen der Freude

Unstillbar ist mein Hunger
nach deinen Berührungen,
mein Durst
nach deinen Küssen,
mein Verlangen
nach deiner Nähe,
meine Sehnsucht,
mich zu verlieren in deinen Armen –

um weit mehr
als nur mich zu finden
in den hohen Wellen der Freude
unserer Liebe.

Vollmond

Ich liebe den Vollmond,
weil ich das Gefühl habe,
daß du, wie ich,
in diesem Augenblick
am Fenster stehst
und ihn bewunderst –

und unsere Blicke eins werden
im Betrachten
seiner stillen Herrlichkeit.

Klar und rein

Als ich meine Hoffnung
fast schon aufgegeben hatte,
hast du sie unverhofft erfüllt
und mir in kurzer Zeit
ein zeitloses Geschenk gemacht,
hast einen sanften Zauber
in mein Herz gestrahlt
mit der Sonne deiner Heiterkeit –
und ihn so gut in mir versteckt,
daß der Staub der Zeit
ihn nie bedecken wird.

Klar und rein strahlt er,
klar und rein gehst du
in mir mit mir
in die Zukunft.

Deine Zärtlichkeit

Wie du in meinen Armen liegst –
als seist du ein Teil von mir,
den ich verloren hatte
und endlich wiederfand –

als deine Zärtlichkeit
mich von dem Weg abbrachte,
den ich für den richtigen hielt,
der aber der falsche war –

was ich erst erkannte,
als ich ihn verlassen hatte,
um in deinen Armen zu liegen,
als sei ich ein Teil von dir.

Geborgen

Ich lasse mich sinken
in die Tiefen deiner Nähe,
den Glanz deiner Blicke,
die Schönheit deines Schweigens,
die Innigkeit deiner Berührungen.

Geborgen im Augenblick,
lieg ich wunschlos glücklich
neben dir im Bann
unserer erfüllten Sehnsucht.

Schicksalsliebe

In der Zeit,
die wir zusammen verbrachten,
gewann das Schicksal
uns so lieb, daß es uns
ein wertvolles Geschenk machte:
die zeitlose Verbindung unserer Seelen –

eine Insel der Beständigkeit
im Meer der ständigen Verwandlung.

Traumkuß

Unser Kuß geschah ohne Zögern,
ohne Hemmung, ohne Scheu,
denn es gab nichts,
was natürlicher gewesen wäre.
Ein berauschender Kuß –
so magisch, so traumhaft,
daß ich dich danach fragte,
ob wir uns wirklich geküßt hatten,
oder ob es nur ein Traum war.
Du hast gelächelt und geflüstert,
daß es kein Traum war.
Wir haben uns wirklich geküßt,
sagtest du und umarmtest mich,
wie zur Bestätigung deiner Worte.

Im nächsten Augenblick
erwachte ich allein in meinem Bett.

Deine frohe Kraft

Deine frohe Kraft,
die aus dir strömt
wie Quellwasser,
erfüllt mich
mit Heiterkeit und Zuversicht,
schenkt mir Wärme
in einer kalten Zeit
und läßt mich den Tag
mit einem Lächeln beginnen –

weil meine ersten Gedanken
nach dem Erwachen
dich suchten und fanden.

Mit den Augen der Hoffnung

Der Augenblick,
der Wunderbares verspricht –
und der Augenblick,
der dies Versprechen hält.

Dazwischen lange Wochen
des Wartens, der Ungewißheit.

Und doch,
im ermüdenden Nebel der Zweifel:
immer wieder
die hellwachen Augen der Hoffnung,
die etwas gesehen haben,
das ihnen Kraft und Geduld gibt –

deine wunderblauen Blicke.

Reine Freude

Dieses sanfte Gefühl,
das von dir zu mir
kommt und bleibt,
ist reine Freude –

eine innere Beschwingtheit,
ein weiches, warmes Schweben,
das mit geschlossenen Augen
seine ganze Pracht entfaltet.

Persönlich

Nichts und niemand
kann dich ersetzen,
wenn du mir fehlst.
In deiner Nähe
bin ich mir nah.
Bei dir bin ich bei mir,
und jedes Wort
und jedes Schweigen
ist ganz und gar meins,
und alles,
was du tust oder unterläßt,
gilt wirklich mir.

Was immer du
mir auch gibst –
ich nehme es persönlich.

Ein lieber Brief

Der Postbote brachte mir
einen Brief von dir –
keinen Liebesbrief,
aber einen lieben Brief,
der mich warm berührte
und mir eine Beschwingtheit schenkte,
die mich durch meinen Tag
bis in den Schlaf begleitete
und in einen Traum führte,
in dem du mir all das sagtest,
was zwischen den Zeilen
deines Briefes stand.

Seelenlächeln

Als ich
deine Haare küßte,
war mir so,
als würde ich
deine Seele berühren,
und als würde sie lächeln –

und mit ihrem Lächeln
meine Seele berühren.

Befreiung

Du hast mich befreit
aus der Ereignislosigkeit
der letzten Zeit –

mit dem zärtlichen Funkeln
in deinem offenen Blick,
das durch meine Augen
in mein Innerstes strömte
und mir die Verzückung schenkte,
die ich so lange vermißt hatte.

Du fehlst mir

Die Welt ist mir fremd
ohne deine Nähe,
das Leben dunkel
ohne die Leuchtkraft
deiner Umarmungen.

Du fehlst mir –
und fehltest mir schon,
bevor ich dir begegnet war.

Wenn unsere Liebe siegt,
wird der Tag kommen,
nach dem nichts mehr
so sein wird, wie es war –

weil alles so ist, wie es sein soll.

Hoffentlich unzertrennlich

An dem magischen Faden,
der uns verbindet,
versuchten sich bereits erfolglos:
der Zahn der Zeit,
die Feile der Enttäuschung,
das Messer der Verzweiflung,
die Schere des Grolls,
das Feuer des Vergessenwollens.

Der Faden ist so stark wie eh und je –
und nichts, was uns geschah,
nichts, was wir geschehen ließen,
konnte ihn zerstören.

Hoffentlich unzertrennlich
trotzt er allen Versuchen,
uns voneinander zu trennen,
als wollte er uns dazu bewegen,
endlich seiner Stärke zu vertrauen
und auf seine Festigkeit zu bauen.

Ich bin bei dir

Ich bin bei dir,
wo du auch bist.
Ich halte dich,
wenn du stolperst.
Ich fang dich auf,
wenn du fällst.
Ich wärme dich,
wenn du frierst.
Ich finde dich,
wenn du mich suchst.

Komm

Komm nicht zum Schnuppern,
sondern zum tiefen Einatmen,
nicht zum Nippen,
sondern zum Trinken.
Nicht zum Probieren,
sondern zum Riskieren,
nicht zum Prüfen,
sondern zum Genießen.

Komm nicht zum Zweifeln,
komm zum Glauben an uns.

Erfahren
leben

Dein Geschenk

Deine sonnige Sanftheit
hat mich berührt,
die zarte Reinheit deines Wesens
hat mich überwältigt.
Ganz tief hab ich dich
in mich aufgenommen,
und du hast mich verwandelt,
hast mich in dem bestärkt,
was schwach zu werden drohte,
hast deine Heiterkeit dort spielen lassen,
wo ich zu ernst geworden war.

Ich spüre,
wie dein Wesen
in mir keimt und wächst
und ein Teil meines Lebens wird,
den ich nie verlieren werde:
ein Geschenk,
so wertvoll wie du.

Unsagbares

Ich habe dir gesagt,
wie ich dich empfinde,
was ich in dir gefunden habe,
was du mir geschenkt hast –
und wie dankbar
ich dir für alles bin,
was du für mich bist.

Aber etwas ist noch ungesagt –
und vielleicht unsagbar.

Es wäre nicht richtig,
die richtigen Worte zu suchen.
Sie werden mich finden,
wenn sie gesagt werden wollen.

Erfahrungswert

Ich habe sie alle probiert:
die Arznei des Verdrängens,
der Skepsis, der Befürchtungen –
die bitteren Pillen der Traurigkeit
und der Enttäuschung,
sogar die starke Medizin
des Selbstschutzes –
doch nichts hat gewirkt.

Kein Kraut ist
gegen dich gewachsen –
also muß ich wachsen,
um dir gewachsen zu sein.

Ungeahnt

Wenn ich
von Anfang an gewußt hätte,
wie sehr ich dir vertrauen kann,
wenn ich geahnt hätte,
wie sehr du mir vertrautest –
so manches Schwierige
wäre uns erspart geblieben
und manches Traurige nicht geschehen.

Ich brauchte viel Zeit zu erkennen,
daß du zu und hinter mir stehst,
durch dick und dünn mit mir gehst,
mich so siehst, wie ich bin –
und mich liebst ohne Wenn und Aber.

Du weißt, es mangelt mir
nicht an Phantasie,
aber dich habe ich nicht
für möglich gehalten.

Als unser Lächeln ausuferte

Als unser Lächeln ausuferte,
erwachte etwas in mir,
das ich für tot gehalten hatte,
zu neuem Leben, neuer Kraft –
und gab mir zurück,
was längst verloren schien.

Strahlende Freude nahm mir
die Gedanken aus dem Kopf,
die Worte aus dem Mund –
und ich sank tiefer und tiefer
in das Meer unseres Lächelns –
und stieg höher und höher
in den Himmel unseres
sanften Schweigens.

Leicht und natürlich

Es gibt Berührungen der Seele,
die wirken eine Weile nach
und lösen sich dann völlig auf.

Deine Berührungen
haben etwas in mir erweckt,
das aus sich selbst weiterlebt
und getragen wird vom Fluß der Zeit,
ohne sich zu verlieren.

Unsere Seelen schenkten einander
einen Teil ihrer selbst –
ohne Angst, etwas zu verlieren,
ohne Hoffnung, etwas zu gewinnen.
Leicht und natürlich
geschah es wie von selbst.

Es gibt Worte,
die über sich selbst hinauswachsen,
aber keine Worte,
mit denen ich dir danken kann.

Dank deines Lächelns

Weil du gelächelt hast,
als unsere Blicke sich trafen,
hab ich dich angesprochen.

Hätten wir uns nicht kennengelernt,
wäre mir nie aufgegangen,
was mir entgangen wäre,
wenn ich an dir vorbeigegangen wäre.

Doch ich bin auf dich zugegangen,
dank deines Lächelns,
dem ich so viel zu verdanken habe,
daß ich dir immer
dafür dankbar sein werde.

Ich werde warten

Du wirktest so entschlossen,
alle Hindernisse auf unserem Weg
zueinander zu überwinden.

Doch dann hat deine Sehnsucht
von heute auf morgen kapituliert,
nachdem deine Ängste
vor der Reise ins Ungewisse
ihr den Krieg erklärt hatten –
und deine Sehnsucht
ließ sich gefangennehmen.

Doch eines Tages wird sie
in die Freiheit flüchten –
wo sie mich finden wird.

Tanzlust

Du legst mir
die Tanzlust in alle Glieder –
und ich lächle die Musik an,
die Augen geschlossen,
das Herz weit offen –

ich lasse mich ein
auf den Rhythmus des Liedes,
das die Liebe uns
auf den Leib geschrieben hat.

Glückslicht

Ich tauche in die
warme Schönheit zwischen uns,
sinke in das Vertrauen
und die Geborgenheit,
die du mir schenkst –

so tief, daß ich vergesse,
daß es Vergangenheit
und Zukunft gibt,
weil die Gegenwart
das ganze Leben zärtlich umarmt.

Immer

Ich liebe dich.
Wie oft habe ich dir
diese Worte schon gesagt,
und jedesmal haben sie
dein Herz erreicht.

Wohl deshalb,
weil sie immer
aus meinem Herzen kamen.

Vielleicht deshalb

Warum muß ich
immer wieder an dich denken,
obwohl ich dich kaum mehr fühle,
seit du dich hinter einer Mauer
aus Widersprüchen versteckt hast?

Vielleicht dürfen meine Gedanken
dich nicht verlieren,
damit meine Gefühle
dich wiederfinden können?

So lange

Laß uns
in den Augenblick schauen,
so lange und so tief,
bis wir die Ewigkeit
in ihm entdecken –

und uns nie wieder
vor der Wahrheit,
die uns verbindet,
ängstlich verstecken.

Grenzenlos

Nach einem ruhelosen Tag
finde ich Frieden
in der Nähe deiner Seele,
die ich immer erreichen kann,
wo dein Körper sich auch befinden mag.

Es gibt keine Entfernungen für Herzen,
die sich einander geöffnet haben.
Es gibt keine Grenzen für Seelen,
die sich grenzenlos begegnet sind.

Dich im Sinn

Dich gefunden,
dir verbunden,
von dir angetan,
dir zugetan.

Dich vor allem
und vor allen,
dich in jedem Fall
und überall.

Dich auf Händen,
dir zu Füßen,
dich im Herzen
und im Sinn ohnehin.

Geschenke

Du gabst mir Hoffnung,
als ich zu resignieren drohte,
gabst mir Kraft,
als meine Schritte schwer wurden,
schenktest mir Wärme,
als mein Herz zu frieren begann.

Auch wenn sich alles ändern wird,
weil alles sich ändern muß,
wird die Erinnerung
an deine kostbaren Geschenke
mir immer aufs neue
Hoffnung, Kraft und Wärme geben.

Seelenklänge

Laß uns
die Noten der Musik
unseres Zusammenspiels
ins Feuer werfen
und nur noch improvisieren.

Laß uns
aus dem Augenblick heraus
Seelenklänge schaffen,
die uns verzücken
mit ihrer tiefen,
natürlichen Schönheit.

Uferlos wundervoll

Die Zeit blieb stehen,
die Welt um uns herum
versank in Bedeutungslosigkeit,
als wir uns immer tiefer
ineinander sinken ließen –

und keinen Boden fanden,
nur unermeßliche Tiefe,
uferlose Weite –
und wundervolle Nähe.

Vielleicht war alles nötig

Ich bin gewachsen
an Begeisterung und Kummer,
an Freudentaumel und Verzweiflung,
den schwierigen Gratwanderungen
am Rand des Abgrunds,
zwischen Hoffnung und Resignation,
bei denen ich meine Gefühle für dich
immer aufs neue verteidigen mußte
gegen gute Plädoyers meines Verstandes.

Ich bin gereift an dir,
wie eine Frucht an Sonne und Regen reift,
an Dunkelheit und Licht.

Vielleicht war alles nötig,
was mir so oft sinnlos erschien.

Lebensfarben

Die schönsten
Farben des Lebens
strömten aus deinen Händen,
als sie Bilder der Liebe
auf meine Haut malten –

und die Zeit
löste sich auf
im sanften Regenbogen
deiner Zärtlichkeit.

Duft der Ewigkeit

Wir waren so frei,
als hätten wir nichts zu verlieren,
so beschwingt und offen,
als sei Angst uns fremd.
Wir gaben uns dem Augenblick hin,
und er schenkte uns
den berauschenden Duft der Ewigkeit.

Hoch über dem alltäglichen Leben
flogen wir mit leichten Flügelschlägen
und lachender Lebenslust –
und genossen mit strahlenden Augen
das prächtige Feuerwerk,
das sich entzündet hatte
an der Leuchtkraft unserer Gefühle.

Solange

Es macht mir nichts aus,
wenn andere mich verkennen,
solange du mich erkennst.

Es ist nicht schlimm,
wenn andere sich falsche Bilder
von mir machen,
solange du mein wahres Wesen siehst.

Es stört mich nicht,
wenn andere mich
in ihre Schubladen stecken,
solange du mir deine Türen offenhältst.

Beschwörung

Richte deine Gedanken auf mich,
damit ich dich ganz nah bei mir fühle.
Laß mich deine
unsichtbare Gegenwart spüren,
damit ich die Wirklichkeit
durch deine Augen sehen kann.

Sei bei mir,
wie ich jetzt bei dir bin,
und laß uns zusammenfließen.

Haben wir nicht Liebe,
haben wir nicht Magie?

In deinen Armen

Alles wird gut,
alles kommt zur Ruhe
und beginnt zu strahlen,
alles findet zu sich
und wird wirklich,
alles erwacht
in deinen Armen –

und ein Zauber
entfaltet sich,
nicht von dieser Welt,
stärker als alles,
was sich uns entgegenstellt.

Ungeküßt

Du bist müde,
schließt die Augen,
bist bald eingeschlafen –
und ich werde nicht müde,
dich zu betrachten im Kerzenlicht.

Ich würde jetzt gern
deinen Mund küssen,
sein leichtes Lächeln reizt mich,
doch ich spüre,
du erlebst einen schönen Traum,
aus dem ich dich
nicht wachküssen darf.

Von Beginn an

Du hast ein großes Herz,
ein liebevolles Wesen
und eine mitfühlende Seele,
und manchmal berührst du mich
unverhofft ganz tief in mir –
mit wenigen Worten,
die du sagst,
mit der Art und Weise,
wie du sie sagst –

und ich weiß,
warum ich von Beginn an
nicht anders konnte,
als dich zu lieben.

Schon so lange

Der Alltagslärm verebbt
in deinen Armen
und verwandelt sich
in eine zauberhafte Stille –

die meine Seele
aus einem Schlaf erweckt,
in dem sie sehnsuchtsvoll
von diesem Erwachen träumte,
immer aufs neue,
schon so lange.

Endlich wieder

So lange hatte ich
Fernweh nach deiner Nähe,
so lange fehlten mir
deine Blicke, deine Zärtlichkeit,
das Gefühl des Ganzseins
in der Tiefe unserer Umarmungen.

Nun ist alles Warten Vergangenheit,
alles Sehnen Geschichte,
alles Wünschen ohne Gegenstand,
weil du wieder bei mir bist
und mein Blick mit deinem verschmilzt –
weil ich endlich wieder
eins mit dir und mir bin.

Allein das Glück weiß

Es gibt ein Glück,
das wir nicht suchen können,
das uns aber finden kann,
weil wir uns gefunden haben.

Ich werde warten
und meine Sehnsucht lindern
mit dem Gedanken,
daß allein das Glück weiß,
wann die Zeit gekommen ist,
sich uns zu schenken.

Aufgefangen

Warum geschah
das zwischen uns,
was ich so lange
ersehnt hatte,
erst dann,
als ich es kaum noch
für möglich hielt?

Mußte ich
meine Hoffnung fallenlassen,
um zu erleben,
wie du sie aufgefangen hast,
um sie mir zurückzugeben?

Die Liebe will uns

Nimm mich
in deine Arme,
in dein Herz,
in deine Seele –

die Liebe will uns
miteinander verschmelzen,
um in unserem Einssein
ihre ganze Herrlichkeit zu feiern.

Zum Greifen nah

Hand in Hand
gehe ich mit dir
in das Herz des Spiels
zwischen unseren Blicken,
Händen und Lippen,
das uns lächeln läßt
und mit heiterem Leben erfüllt.

Und das Glück
ist zum Greifen nah,
doch wir hüten uns davor,
die Hände danach auszustrecken –

wir lassen uns von ihm ergreifen.

Hoch hinaus

Mit strahlenden Augen
saßen wir uns gegenüber,
und unser Beisammensein
trug uns hoch hinaus
über die regennassen Mauern
eines grauen Novembertages –

in eine Welt voller Wärme,
deren Schönheit
wir so tief einatmeten,
daß sie uns erfüllte
bis in die Fingerspitzen.

In manchen Augenblicken

Du warst so frei und leicht,
als wärst du aus einem Traum
in meine Arme gesunken.

Dir nah zu sein hieß,
dir noch näher sein zu müssen.
Dich zu umarmen hieß,
zu erschauern bei deinen Berührungen.

Auch wenn die Zeit mit dir
voller offener Fragen war,
ein wildes Wechselspiel
von Sonnenschein und Regen,
Zweifel und Vertrauen,
Niederlage und Sieg –

in manchen Augenblicken
schenktest du mir maßloses Glück.

Fallen und Steigen

Du läßt dich fallen in mich,
ich laß mich fallen in dich,
wir fallen ineinander –

und steigen miteinander
in die Höhen
unserer Möglichkeiten,
gebannt und befreit
vom sanften Zauber
unserer Zärtlichkeit.

Wenn wir
uns umarmen

Ich fühle mich unvollständig,
wenn du nicht bei mir bist –
wenn ich dich nur in Gedanken
in den Arm nehmen
und dein Gesicht bloß
auf Bildern betrachten kann.

Doch wir werden
uns bald wiedersehen
und wieder fühlen,
daß nichts in unserem Leben
so wunderbar und wertvoll ist
wie das Glück, das uns erfüllt,
wenn wir uns umarmen.

Reiche Liebe

Feste Liebe –
hast dem Zahn der Zeit
die Arbeit schwergemacht.

Zuversichtliche Liebe –
hast über unsere Bedenken
so oft in dich hineingelacht.

Aufmerksame Liebe –
gabst immer gut auf uns
und auf dich selbst acht.

Schützende Liebe –
wenn wir gefährdet waren,
hast du über uns gewacht.

Zuverlässige Liebe –
wenn wir Wichtiges vergaßen,
hast du für uns daran gedacht.

Liebe Liebe –
wenn wir gereizt waren,
bliebst du sanft und sacht.

Helle Liebe –
verlorst nie dein Licht,
selbst in der dunkelsten Nacht.

Treue Liebe –
hast so viel Vertrauen
in unser Leben gebracht.

Magische Liebe –
hast unseren Traum
zu einer Wirklichkeit gemacht.

Der Autor

Hans Kruppa ist einer der meistgelesenen deutschen Dichter und Erzähler. Er lebt als freier Schriftsteller in Bremen. Seine Gedichte und Märchen, Erzählungen und Romane, Aphorismen und Kurzgeschichten hat er in rund hundert Büchern mit einer Gesamtauflage von über zwei Millionen Exemplaren veröffentlicht. Einige seiner Bücher wurden in andere Sprachen übersetzt. Für sein schriftstellerisches Werk wurde Hans Kruppa mit dem New Yorker Otto-Mainzer-Preis ausgezeichnet.

„Hans Kruppas poetische Werke sind geprägt von Sensibilität, Romantik, Scharfsinn und Erfindergeist. Die wahrhaft eindringlichen und mit „Herzblut" geschriebenen Verse wirken beinahe wie ein Spiegelbild der eigenen Gefühle."
Südthüringer Zeitung

„Er gilt als Meister der Liebeslyrik, als Mann, der mit dem Herzen denkt, als Realist mit Mut zu seinen Gefühlen."
Westfälische Nachrichten

Mehr Informationen: www.hans-kruppa.de